阳 光 诗 系

没有人误入歧途

陈继明 著

黄河出版传媒集团
阳光出版社

图书在版编目（CIP）数据

没有人误入歧途 / 陈继明著. -- 银川：阳光出版

社, 2024. 6. -- (阳光诗系). -- ISBN 978-7-5525

-7377-0

Ⅰ. I227

中国国家版本馆CIP数据核字第2024FG5351号

阳光诗系·没有人误入歧途 　　　　　陈继明　著

责任编辑　申　佳　赵　寅
封面设计　鸿儒文轩　·　末末美书
责任印制　岳建宁

黄河出版传媒集团 阳光出版社 出版发行

出 版 人　薛文斌
地　　址　宁夏银川市北京东路139号出版大厦（750001）
网　　址　http://www.ygchbs.com
网上书店　http://shop129132959.taobao.com
电子信箱　yangguangchubanshe@163.com
邮购电话　0951-5047283
经　　销　全国新华书店
印刷装订　山东新华印务有限公司泰安分公司
印刷委托书号　（宁）0029898

开　　本　880 mm×1230 mm　1/32
印　　张　5
字　　数　100千字
版　　次　2024年6月第1版
印　　次　2024年6月第1次印刷
书　　号　ISBN 978-7-5525-7377-0
定　　价　58.00元

序

我上高中就写诗，并投稿。上大学发表诗歌处女作，还办过油印诗刊。写了十年诗后，因为断定缺乏诗歌天赋，改行写了小说。实际上我仍然偶尔写写诗，只是不发表，不示人。后来的诗，可以算作日记。它们大部分的确是当日记写的，是某一日杂务琐事之外的一些情绪，用分行的方式写下来。因为是日记，又因为没打算发表，所以这些诗大概具有一些特征，比如，多和自我有关；又比如，没什么野心。

黄河出版传媒集团阳光出版社的唐晴社长，连续几年说，给我出本诗集。我翻出日记，正式动手"找诗"，主要是近十年时间写的。以前的诗都丢了，早年的那些油印诗刊，几次搬家后也不知去向。估计当时合伙办刊的几个朋友会保存，不过我也没兴趣打听。

就这一百首，可以了。

其中有两句，是关于诗的：

诗，不在左，不在右，
也不在左和右的反面。

这算是我的诗歌理想，但连我自己也做不到。我是一个败下阵来的诗人，我不相信自己能写出好诗。这里的一百首诗，最多可以见证我是如何失败的。读者朋友们，如果你想知道一个诗人是如何失败的，就看看这本诗集吧。

目 录
CONTENTS

001 · 谁不是我

003 · 匠气

004 · 小楷

005 · 致平凡的生活

007 · 校园

008 · 医生说

009 · 朋友火化记

010 · 慷慨

012 · 女儿长大了

013 · 门前有公交站

014 · 朋友

016 · 走廊

017 · 盘膝而坐

018 · 凌晨

019 · 活着即偷生

020 · 当务之急

021 · 丝帛的气味

022 · 与自己和解

023 · 剃头小记

024 · 记一个梦

025 · 新的内心

027 · 梦中的母亲

028 · 早晨所见

029 · 说梦

031 · 很闲的下午

032 · 想起早年的我

033 · 这个家伙

034 · 拒绝

035 · 谈话记录

037 · 我是我的小偷

039 · 给学生讲电影

041 · 星期四

042 · 安静半小时

043 · 缝隙

044 · 会飞的女人

045 · 懒惰

046 · 安静的必要

047 · 想念史

048 · 孤独

049 · 不急

050 · 空地上空

052 · 在异乡

053 · 琴声悠扬

055 · 一畦韭菜

056 · 暴雨

057 · 默许

058 · 我病了

060 · 小径

061 · 牧羊记

063 · 骑兵

065 · 我肯定

067 · 堂哥的死

068 · 遗憾

069 · 左侧统

070 · 梅西

072 · 二哥

073 · 斯特林普

074 · 莫言

075 · 索尔仁尼琴

076 · 卡夫卡

077 · 妮可基德曼

078 · 嘉宝

079 · 凡·高

080 · 一些书法家

081 · 哀愁

082 · 兰亭笔法

083 · 曾见一景

084 · 胡杨林

085 · 牛

087 · 蝗虫

089 · 牧童

091 · 蜥蜴

092 · 地震

093 · 潮汕白粥

095 · 临终遗言

097 · 天要黑了

098 · 大日子

099 · 十二双眼睛

101 · 让风写诗

102 · 启示

103 · 台风记

107 · 尘埃颂

115 · 没有人误入歧途——海边拾零

129 · 荒原（一）

130 · 荒原（二）

131 · 忧伤

132 · 激情

133 · 惊吓

134 · 关于诗

135 · 关于短篇小说之一

136 · 关于短篇小说之二

137 · 关于现代感

138 · 风格

139 · 勇气

140 · 梦中偶得

141 · 距离

142 · 性质

143 · 寂静

144 · 翅膀

145 · 梦幻泡影

谁不是我

舞台上站着几十个我

穿戴、年龄虽然不同，但都是我

我也混在他们中间

我有点焦急

我喊，谁是陈继明，请走出来

没一个人走出来

我又喊，谁不是陈继明，请走出来

还是没一个人走出来

这时我才对着观众做自我介绍：

我是陈继明

男——

这时无数个家伙站出来

抢着说，我才是陈继明

观众席上也有不少人站起来

说，我才是陈继明

所有的陈继明开始打架

现场乱作一团

我被打晕

不敢再说

我是陈继明

匠气

罗易，写了《卑微的神灵》
她像一个业余写手
因为业余，故没有匠气

安·恩莱特，《聚会》的作者
这个作者是个老手
因为是老手，也没有匠气

但比较起来
罗易更好

像罗易那样一辈子写一本没匠气的书
也就够了

小楷

蘸一丁点墨
然后写字，足以写半行字
比如，外面在下雪，雪花飞舞

我突然看清我很富有
我的墨汁在一个很大的瓶子里
至少可以写十本书

像莫扎特拥有旋律
像悲伤的人拥有眼泪

致平凡的生活

平凡的生活
就是朴素的生活
就是一日之间的若干时辰
禁不住赞叹
活着真好

比如清晨，楼下的鸟鸣
其核心不是别的
而是急切，由衷的急切
面对新时光的急切
争着吼出的急切

比如午后，短暂的休眠之后
看见太阳偏西，多么悠然地下降
比上升更奇异
看见阴影拉长，多么阔绰的清凉
满含爱与慈悲

比如夜晚，长长的寂寥

很多东西看不见了，远方消失

那么，独自沉思或彷徨

或者祷告

或者应许

校园

校园里最不缺情侣
随处可见，没人觉得奇怪
我喜欢看情侣的背影
因为是背影
更像一个符号

我欣赏着他们的背影
像上帝一样

我在心里说：
孩子们，我的孩子们
好好去爱吧

假如他们转过脸
我就不再是上帝
我会嫉妒

医生说

一个医生朋友说
什么都是分左右的
比如，心脏、肾脏、脾脏
甚至还有精子
从左侧输卵管进入的精子
是男孩
甚至还有眼泪
从左眼先流出的眼泪
最悲伤
甚至还有目光
斜视者，往往是大思想家
比如萨特

朋友火化记

我们把他的尸体交出
把这把抗癌四年的英雄的骨头交出

他躺在一个别人用过的棺材里
显得过于认真和严肃

这很像一笔平等的交易
因为冰冷，所以平等

但是，他的骨头被收走
我们却一无所获

我找了块石头坐下来
想起灵魂的重量是二十一克

我又想，任何东西，轻到二十一克
就不适合长久存储

慷慨

至少有一半神迹
是三流剧作家的水平
比如
两个最不想见面的人
在最意料不到的地方见面了
谎言总会在某一刻
被自行揭穿
担心发生的事情
迟早会发生

肯尼迪有个秘书叫林肯
林肯有个秘书叫肯尼迪
还有，两人都在星期五被暗杀
两人都是头部中弹
两人的妻子都曾在白宫流产

我估计上帝的第一品质

不是别的，是慷慨

在他认为你需要的任何时候

给你任何形式的赏赐

给你滑铁卢

给你断头台

给你箭

给你蜜

给你震惊

给你羞愧

女儿长大了

女儿长大了
学不会叫她的大名
像鸟一样在我手中跳跃的日子
似乎是昨天的事情

父亲这个角色是女儿给的
生活从此变得麻烦、曲折，甚至艰辛
但是，正是它们
让我成长为一个父亲

不久前发过一个感叹：
女儿和父亲往往一同在成长
幸亏做了女儿的父亲
又幸亏，曾经是父亲的儿子
如今过着清闲的日子
做父亲和做儿子都不再紧迫
剩下的责任只有一条：关于这个世界
要不要继续对自己撒谎？

门前有公交站

我家左前方是公交站
我家和公交站之间
隔着一道长长的白色矮墙

每当公交车经过
我看见的总是一排滑行的窗户
以及许多摇晃的脑袋

到了夜间
公交车里灯光纯良，灯光下的脑袋
都有迷人的侧影

我想，那些人里面
至少有一个是正在长大的灰姑娘
至少有一个对爱情深信不疑

至少有一个
哪怕失败了　百次，哪怕早已衰老
仍然面容高贵

朋友

凌晨五点
我起床了
总是天不亮就起床
在这一点上
我真的足够固执

看起来
我早起是为了写作和习字
其实另有秘密：
在深夜，我总觉得自己是一个盲人
我对面坐着另一个盲人
他就是
我们平时所说的
宇宙
两个盲人
谁都脾气温和
谁都无意远行

谁都不想去看
谁都没话要说
因而成为朋友
像蜘蛛网上仅剩的
两个蜘蛛

走廊

人是需要一条走廊的
窄窄的走廊
僻静的走廊
独属于你自己的走廊

让风知道，在哪儿可以遇见你
让雨知道，在哪儿可以淋湿你
让蜜知道，在哪儿可以亲吻你的额头
让刺知道，在哪儿可以测量你

固执的硬度
和厌恶的深度

盘膝而坐

盘膝而坐的瞬间
我看见，我回来了
回到人相、我相、众生相、寿者相
回到陈继明相

我没有举目四望
只是垂头看地
就像臣服于地球引力
每天都是这样

我什么也没看见
什么也不沉思
只觉得这个姿势就是舒服
能滋生清净和安详
保持这个姿势
犹如侠客置身于太平盛世
又如盗贼置身于教堂
还如圣婴置身于贫困偏僻的家乡

凌晨

不想对不住那么多的寂静
所以我常常凌晨起床
寂静的时光如优质宣纸，珍贵而干净
我总是告诫自己：多干正事

写作，而不是记日记
读史，而不是看闲书
观天象，而不是研究八卦
健身，而不是散步

我忧郁的习惯大概也与早起有关
独嗅花香，久而成癖
有时会意外听见一两声脆响，预言般惊人
曾经甚至屈从于陌生意志
总之，凌晨是一天中的尤物
具备尤物的一切特征
一边救我助我，一边祸我殃我
我却心甘情愿，从不后悔

活着即偷生

所谓活着
实为偷生
从一岁就开始的偷生

一个小偷
总偷些大东西——
偷着这个世界
偷着它的空间和时间
偷着它的阳光
偷着它的空气
偷着它的哲学
偷着它的诗歌

一个小偷的最大成功是
继续做小偷
今天偷
明天还偷

当务之急

凌晨的鸟鸣，
含着露水和雾气。
树影渐渐清晰，
像是走了一整夜，
才来到我窗前。
一片叶子就是一个文字，
写在天空，
随风摇曳。
我抬头阅读，
更像是伸手接捧。
一些字句落入我心间，
微微发热。
这些话的意思我明白，
如果没错，应该是：
赤子，当务之急不是远行，
而是等候。

丝帛的气味

清晨的鸟鸣
如同圣训
有丝帛的气味

我看见
这是一个约定
我来
从卧室那边来
从很近很近的远处来
是来赴约

我明白
有些约会
需要不断重复
不断赴约的意义
略大于约会
本身

与自己和解

那是明显的一瞬间
我的身体里发出一声柔和的闷响
我意识到,此刻
我终于和自己和解了

客观效果却是
我的住所,我的书桌,我眼里的一切
大大小小的物体
全都变成了传说中的
自在之物

它们好像刚刚从我身上脱离出去
把可怜的人格还给我
弃之如草芥

剃头小记

剃了光头
去照镜子
发现自己瘦了一圈
皱纹深了
神情怪异

镜子里的人
像罪人
因为长期被诅咒
而健康
因为失去自由
而高傲
因为犯错和叛逆的激情
而双眼灼热

记一个梦

白晶晶的米饭
不用就菜，直接可以吃
想不起这个世界上
还有另一种东西可以吃

而且，米饭是果实的一种
香蕉一样挂在树上
没有苍蝇，也无灰尘
带着懒散和忧郁

吃米饭的唯一方式是
跳起来或飞起来
蜜蜂或蝴蝶一样停在半空中
抓过来，喂进嘴里
吃米饭的动机
不是因为饿，也不是因为馋
是因为平等，我和米饭
都是那么懒散，那么忧郁

新的内心

早晨，该去劳动
我却困得不行
仿佛全世界急于崩塌
所有活着的生命
包括树木、房子、车辆
必须立即倒下
并且熟睡
无须操心

三小时后
我醒了
我看见万物如旧
又全新
每一样物体
包括树木、房子、车辆
包括我自己
都有了
新的内心

只比旧的，新了

一点点

梦中的母亲

梦见母亲
在一块大田里撒种子
那块田看上去发黑，冒着湿气
有一条一条的沟渠
母亲撒的似乎是
葡萄的种子

醒过来之后
我问人
葡萄是怎样种植的
人说
葡萄是移植的

早晨所见

从高处慢慢流下的亮黄色
尖尖的摇摇摆摆的竹叶
冬天开放的一朵玫瑰
蔷薇树上仅剩的几片叶子
清洁工扫地的声音
加上围栏外匆匆走过的一个女人

她每天都是这么早就出去
每天都是很晚回来
就像被两个前倾的乳房
带走又送回

说梦

梦的最大特征不是自由
而是，梦
总有那么一种精髓
一旦离开夜晚，精髓就会丧失
无论美梦噩梦
到了白天，哪怕你还记得每一个细节
也没多少味道

就像很多事物
处在不同的层次

另外，那些现实中的大人物
在梦里还是大人物
他们从来不会
向我顶礼膜拜
像我对他们那样

说实话，我对我的梦

早就不再信任

很闲的下午

过去多少年，你什么都没有做。

我听见自己心里说。

你信仰什么？这一点也不重要。

在信仰什么之前，你得先是一个人，知道吗？

随后又听见我心里说。

这个下午我很闲。

我刚刚睡过一个长长的午觉，

然后便不知道该做什么。

然后，就听见自己对自己说了一些话。

句句都像末日审判。

但是，最前面的一句话是：

这雨下得实在没有必要，真是莫名其妙。

外面始终在下雨。

几天来，雨并不大，但始终不停。

天天下雨，仅仅因为：

现在是雨季。

想起早年的我

早年的我，会哭
有时会大哭
今天我发现我很久没大哭过了
现在的我，很难大哭
还有，早年，几次重大挫折
我都选择去献血
不知跟谁学的
献出去几百升血就没事了
一道坎就迈过去了
而现在，我可以平静地接受一切
现在没有什么能令我吃惊
可真是练出来了
更加可怕的是，此刻以前

我以为我一向如此
如此豁达又安静

这个家伙

这个家伙
终于躺下了
连同他的愤怒和懦弱
连同他的懒惰

他没有上过战场
也没有下过农田
他只是一个
偷偷写诗的诗人

他有很多遗憾
而最大的一桩是
他始终没有好好赞美过
生活的甜蜜和温柔

拒绝

拒绝回到猿

拒绝成为神

拒绝品尝忧郁

拒绝敞开心扉

拒绝冒险

拒绝祈求

拒绝嫉妒

拒绝男女关系

拒绝选举

拒绝候选

拒绝房地产

拒绝无家可归

拒绝先锋

拒绝乡土

拒绝安眠药

拒绝失眠

谈话记录

和某人谈话，我说：

我心温柔，我手残忍。

小幸福、小悲伤、小遭遇，什么都是小的。

生活的游戏和偶然本质。

叙述，一切皆有可能。

方法不对，内容也不对。

最好的形式就是最好的内容。

写即是。叙事即是。语言流即是。

乡村本质，是温情、温和、无分别。

乡村有巨大的消化能力，化干戈为玉帛的能力。

父亲即书写，书写即难度。

为人父，那么轻松，把你便宜了。

青春期的孩子，比你、比任何人更能破釜沉舟。

跟你无理，是因为跟你亲近。

过了你会感谢，感谢这些难关、难题。

我们那时候为什么没有青春期？是呀，为什么没有？

青春期的孩子不是人，准备成为更好的人。

更好的东西出现，是为了让好东西成为垃圾。

认真下来，静下来，坐下来，找到一件事情的第一部分。

小说，没写在纸上的远多于人们看见的。

我喜欢同时有真有假的故事。

写作的时候，我把感情当作理性。

饶舌，是不是好作品的一个必备要素？

并不存在伟大的作家，比如鲁迅。

并不存在小作家，比如陈继明。

我是我的小偷

开锁进门的瞬间
我觉得自己是小偷
这是我自己的家没错
但是，我真的是一个小偷

我的眼神，我的心跳
都在提醒我：
警惕，警惕
这个小偷又来了！

没错，这个人
盗窃我已成习惯
不仅盗用我的容颜
还盗用我的内心
他以我的名义
在外面做过很多事见过很多人
总是逢人就说：

无论如何，我问心无愧

今天，我戳穿了他
我请他滚蛋，永远从我面前消失
他说：我走，我也要带走
从别处偷来的那些东西

给学生讲电影

我说：
电影无非是风月
身体的风月

比如李安的《色戒》
当我们正要分析电影说了什么时
电影即将结束
风月的风暴持续了近两小时
比如哈内克的《爱》
一个老人掐死另一个老人只用了一分钟
更多的时候我们在观赏风月
衰老的风月，令人感慨万千的衰老的风月
比如潘纳希的《谁能带我回家》
那个名叫米娜的小女孩
正在拍摄一部以她为主角的儿童影片
突然，她说：我要回家
于是她一路打听：谁能带我回家？

她那七八岁的小小的风月

征服了世界各地的亿万观众

再比如阿巴斯的《希林公主》

镜头只盯着十二个观众的眼睛

十二个观众在看一部名叫《希林公主》的电影

我们看不到电影，只看到了十二双眼睛

一个多小时里，十二双眼睛的风月

把我们的灵魂

吹得七倒八歪

不管电影专业的人士怎样不高兴

我都要坚持

电影没写别的，在写风月

身体的风月

星期四

一周的课讲完
早晨起来就感到幸福
接下来有连续的四天时间
可以自由支配

四天时间，全部用于
叹息，发呆
小题大做
犹豫不决

富有的感觉
令我惊讶

安静半小时

最小的叶子
以及最顶端的叶子
都静止不动

鸟在绿荫最低处
发出有裂纹的鸣叫
如同承受不起安静的压力

这样的情形
已经有半小时

突然，我想知道
谁在掌管这一切?
我想问那个人
让全世界安静半小时
有无可能?

缝隙

我们和生活之间的缝隙
是真实存在的
它经常被无聊、疼痛、绝望、思念
奋力撬开，徐徐撑大
其中刚好容得下
一颗颓废的心

会飞的女人

那个女人走路时
你觉得她在飞
或随时都会飞起来

不是靠翅膀
不是靠风
是靠一种姿态

那姿态很廉价
像画家随便画在纸上的
一幅炭笔速写

黑色的炭粉里
微微含毒

懒惰

有时
我什么都不想做
只想，用小楷
抄好诗

安静的必要

用毛笔写字的时候
需要安静
除了手
身体的所有部位都要安静
牙齿晃动
都不行

想念史

大约四五岁的时候
某一天，突然很想念一个人
好像是爸爸或者妈妈
想念来的时候，心猛地一紧
又悲伤，又孤单

后来发现，即使在爸爸妈妈身边
也会突然很想念很想念
心猛地一紧，快要呼吸不过来，想哭
我到底在想念谁？
不是爸爸妈妈，又是谁？

一直到今天，六十岁了
我想我遇到了所有该遇到的人
但是，那种想念的感觉还时不时会出现
心猛地一紧，又悲伤，又孤单
和小时候一模一样

孤独

我对某人夸口：
我们身上的一切都是有用的
比如，懒惰，我借它发现懒惰
比如，贪婪，我借它辨认贪婪
比如，我近来开始习静
想把自己变成一枚果实，自然、饱满
比如，我极少出门远行
把固执和封闭视作神性之一

不急

不急，不是人的属性
是神的，是众多神性之一
人性之末梢
神性之起始
可能如此

空地上空

这片空地
刚刚才成为空地
半月前这里还是居民楼
存在了三十年的一座楼

几天后，新楼又将打桩开建
空地及空地的上空
它那静美的样子
它那令人怜惜的样子
无端令我忧虑已有多日

有一次我梦见
我在空地上空飞翔
试图找到空地上空的入口
而且竟然找到了

只是，其中的模样

足够复杂又足够简单
说来惭愧，这也是
我对它唯一能做的描述

在异乡

忽然叫不出世界的名字
只觉得门前那棵树
熟悉地摇曳着，又多于摇曳
刚够我看懂

秘密的航行在继续
这是看不见的早就开始的航行

雷声从熟悉的地方滚来
眉间落下儿时的雨
然而不，不回去
让心被异乡充满，充得更满
那里听不见也看不见一个字
那里没有一个字

琴声悠扬

走在街上
有琴声自前方传来
令人耳目一新

迎上前去，只见
一老者与一盲童席地而坐
老者守住白碗
盲童拨弄琴弦

我犹豫再三
终究走开

我没有勇气
将一两枚硬币
投入碗中
投给静静的老者和静静的盲童
投给悠扬的琴声

即将被自己弄出的

两三声脆响

已经预先让我感到

羞愧难当

一畦韭菜

一畦韭菜
一方整齐的绿
告诉我
主人的精细
养分的充足
以及时间对所有个体的
一视同仁

一畦韭菜
它的整齐，它的绿
——
上帝呀，我分不清
那是常识
还是奇迹

暴雨

关于一场特大暴雨
关于倒掉的树，破掉的瓦
关于已经发生的一切
没什么可说的

有趣的是，太阳出来后
四处的积水里写着同一句话：
宽恕已经开始!

默许

当人们睡去
夜还漫长
不用担心人生虚度
健康受损
我只愿意做一件事情
怀念
怀念我的母亲

在这样的静夜里
我的想法如此简单
被神默许
仅仅怀念
直到死去

我病了

我病了

我得了一种慢性病

一种怪病

它的典型症状是

反感相声

反感诗朗诵

反感排比

反感押韵

反感到处画满和平鸽

反感成功的唯一名字叫奥斯卡

反感好男人的唯一标准是堂堂男子汉

反感良知成为使用最频繁的词语

反感诗和远方成为最佳去处

反感神仙多于信仰

反感圣人多于平民

反感嘴唇居住在灵魂里

反感灵魂踉跄在步履里

反感鼻孔是眼睛

反感屁股成大脑

反感向儿童灌输解脱妙方

反感鼓励大二学生尽早学会做人

反感教授追求摩登

反感乞丐攀比智慧

反感在凝望星空之前

已经准备好纸笔

反感在一场迟来的瑞雪之后

立即成立欢庆俱乐部

反感哲学的富有

瘟疫仍在流行，安详已被倡导

反感神经的自觉

笑话刚刚开讲，笑声早就爆出

反正我病了

你们健康人喜欢的一切

我都反感

小径

永远有风
我和风行走在相同的路径上
我和风订了契约
我们成了朋友
我总是揣着一个小本子
记录风的抱怨
风的哀伤
风，则负责重塑我
重塑我的骨、我的肉、我的灵魂
有时候风会轻声说
你该回家了
明天再来

牧羊记

三哥是羊倌
他赶着羊群上山了
留下几只小羊羔在圈里

一只刚出生十天的小羊羔
还不太会走路
但喜欢蹦蹦跳跳

总是摔倒在地上
前腿卧地，头歪在一边
叫声奶声奶气

三哥的羊群总是天黑前回来
小羊羔竟然知道
母亲该回来了

有时羊群回来偏晚

小羊羔就不再贪玩
叫声会变得越来越急

三哥的羊群终于回来了
小羊羔和母羊相互奔向对方
但小羊羔又摔倒了

那是两百只羊的大羊群
它们呼啸而来
淹没了小羊羔和母羊

骑兵

父亲曾是骑兵
国民革命第十七路军骑兵第一旅
最高职务是上尉连长

解放后回乡务农
骑着一匹白马，走了半个月
准确地说，母亲骑马
父亲步行

父亲偶尔会讲骑兵的经历
比如
骑兵总是冲在步兵前面
战士会临阵脱逃
战马不会
当敌方机枪呈扇面状扫射过来
枪声越大
战马越兴奋

骑兵挥刀杀敌的方式是
先左晃，再右劈

许多年后，我放过马
我可纵马驰骋
也可以躺在马上背《新华字典》

其实父亲没教过我骑马
那些冲锋陷阵的故事
肯定起了作用

所以，我后来成为
讲故事的人

我肯定

今天我突然肯定
我父亲的一生是幸福的
还有我母亲
父亲活了八十六
母亲活了七十七
他们还有四男三女
十几个孙子
一大堆玄孙

我之所以肯定他们是幸福的
不全是以上原因

今天我模仿母亲的手艺
做了一碗臊子面
宽宽的面条
红红的辣椒
我发现我是幸福的

无比幸福

由此我推断
父亲是幸福的
母亲是幸福的

他们受过很多苦
这当然没错，但是
抱歉，今天，我拒绝
想起黄连

堂哥的死

堂哥七十几岁了
一直都有哮喘
那天，他神志不清、气息微弱
不断给家里人说：
把地上那些娃娃赶走，烦死人了！

地上其实没有任何人
家里人知道正在发生什么

我则想起了母鸡下蛋
母鸡下蛋前，蹲在窝里静悄悄
下完蛋就开始呱呱乱叫
以为做了天大的事情
我想，死亡也如此
动静再大，也是小事一桩

遗憾

曾和某君深谈三日
真是遗憾
那之后，我们开始轻视
对方

左侧统

我的朋友左侧统
原名马占云
病故已有多年

想起他
总是想起梨
因为，他认为宇宙的形状
像一颗香蕉梨

他不是乱说
他有一篇长长的论文
但是，一个科学家看了他的论文
说他是疯言疯语

今天我很想知道
有没有只在一件事情上发疯的疯子

梅西

我没见过梅西
但我熟悉他，尤其熟悉他的左脚

他是一个三十六岁的老将
很多人已在操心他退役之后的生活

我也是其中一员，我实在不知道
退役之后，梅西会成为谁?

他显然不会成为马拉多纳
也不会成为贝利、巴乔和齐达内

这些人都是我喜欢的
和喜欢梅西一样
但是，梅西不忧郁、不花心、不大嘴
梅西接下来的故事该怎么写

身为一个小说家，对此
我束手无策

二哥

二哥在老家种地
隔上几天
我总要给他打一个电话

从他的声音里
我能听出他眼下是一个人
还是儿孙绕膝

我甚至能听出
老家的天气状况
目前在下雪，雪很大

斯特林普

一直都知道
人们把你比作玫瑰
一个俗套的比喻
真没什么感觉

可是，此刻
我意外看见，你的脸
真的是一朵玫瑰
长在花园边上的孤独的玫瑰
你的嘴巴你的鼻子
你的声音你的眼神
能看见的和看不见的
一切都是玫瑰的样子

莫言

莫言获奖
能感觉到他的惊喜和羞愧
这个人是有
羞愧的。

索尔仁尼琴

你老婆说
你很好伺候
不依赖任何东西

但是，我看见
你依赖剪刀、橡皮擦、钢笔、铅笔
依赖数不清的小东西

卡夫卡

恶是不存在的
卡夫卡在日记里说

我猜，当时
卡夫卡刚刚写完小说

妮可基德曼

你是上帝最后创造的
几个人之一
那时候，上帝造人的手艺
已相当纯熟

嘉宝

请走开
让我一个人待一会儿

在每一部影片里
她都这样说

凡·高

被虚空包裹着的
星光灿烂

一些书法家

一些书法家
功底迷人
翻手为云
覆手为雨

但是，那些字
为了越过心脏
走了更长更远的路

像无法燃烧的
漂亮木柴

哀愁

一个女人
有很好的乳房
却满脸哀愁
我想提醒她为自己骄傲
却担心必须付出
和她谈一场恋爱的代价

兰亭笔法

不必去绍兴

找兰亭笔法

门口的每一条曲水细流里

淙淙作响的

正是羲之的神

献之的意

曾见一景

十年前的一天
在北方某原始森林的腹地
看见一景

一头罕见的大野猪
带着母猪和三头小猪，缓缓走在
长长的山梁上
五头猪，大小有别，相貌如一
全是纯纯的黑色

犹如刚刚脱稿的黑色剪影
线条简单却传神
背后是傍晚时分的阳光

那阳光，也是极为罕见的样子
对所照之物，充满敬意

胡杨林

我惊讶地发现
真的有一种风景叫胡杨林

颓败和成熟同在
妖孽和善神和平共处

所有敌对关系
都极尽友好之能事

青春是俗浅的样子
枯枝败叶才称得上健康和美丽

衰老是风暴
死亡是狂热

每年十月，大地把自己打扮成圣徒
浩浩汤汤向天空示爱

牛

专供我们差遣的生灵之一
在吃苦耐劳方面，绝对无出其右

不过，它们常会怒火中烧
好像视野里所有的东西都是可憎的

偶尔不堪重负
卧倒在地，直喘粗气

有些胖家伙，侧卧良久
需要两个好汉帮忙才能重新站起来

整个牛群有时会突然陷入骚乱
一个个惊慌地抬起头，向空中嗅闻着什么
如果是一群花斑奶牛，会散发出
一种强烈的气味，甘甜但哀伤

没有自己的内心世界
不明白什么是有尊严的生活

有紫罗兰一样的美丽眼睛
湿润而清澈

有丝绸般柔软细腻的耳朵和鼻子
迷恋在暮色中归来

蝗虫

三五只蝗虫不可怕
可怕的是，蝗虫像阴云一样飘过来

它们万众一心
将村庄完全遮盖
钻进所有人的衣领、袖口和鞋子
沟沟坎坎，甚至深深的车辙
被它们一律填平
满山坡的野花瞬间消失

据说，前方的几个村子早有防备
在田间地头放了大火
并在四处敲锣打鼓
蝗虫连续越过几个村子后已经彻底疯狂
于是，强行落在我们的村庄

事后发现

很多柳树、松树、杨树的树枝
被蝗虫压断了，有些小树也被拦腰折断
过了很久，我仍在计算
如果一只蝗虫重约三克，那么
需要多少只蝗虫
才可以压断一根树枝？

牧童

小时候，放过羊
我三哥是羊倌
我偶尔临时顶替他

我发现羊群比我更熟知
崇山峻岭，知道哪儿草好哪儿草差
羊群显然也清楚
我是生手，我是羊倌的弟弟

为了显示我的权力
我经常故意带上它们四处乱跑
哪怕前往明显的不毛之地
它们也能紧密跟随
我相信
如果我要它们跳下高高的山崖
它们也会在所不辞

多少年过去了
那种身为羊群领袖的体会，至今
仍令我心跳怦怦
而我的低能、无知和喜欢胡闹的脾气
无人愿意容忍
已经很久
很久

蜥蜴

盛夏，正午
一只大大的蜥蜴
卧在河边的石板上，在晒太阳
初看极丑，细看不然

各种绚丽的色彩
正从它的身体里持续迸发出来
天蓝、浅紫、藏青、翠绿
都带着静静的火苗

我脚尖不小心一动
逃跑中的天蓝、浅紫、藏青、翠绿
如同彗星长长的尾巴
从天际猝然滑过

地震

大地表面的
起伏
真的显示了
大地深处的运动吗?
此刻
定然是了
没错
这是地震
它碾碎了一切
但是
它自己
却浑然不知

潮汕白粥

米不烂，不柴，颗粒饱满
粥还很浓，上面蒙着一层油
白米的油

饭后一碗粥
前面那些海参鲍鱼的味道
才从朦胧变得清晰

这样说白粥，有些不恭
但白粥之美
的确难以描述

勉强说，那是一种
用微小，用朴素，用平常
显示出的大家气象

离开饭桌的人

都是喜悦的、开阔的、踏实的
而非只是酒足饭饱

临终遗言

罗兰夫人
自由
多少罪恶假汝而行!

康德喝了一杯葡萄酒
然后死去，最后一句话是
味道真好

我有兴趣把所有遗言
编辑成一本书

一半是名人的
一半是素人的
我还有兴趣把全村人的遗言
收集成册

可惜，村里人的遗言

要么是提前说的

要么从来没说

天要黑了

天要黑了
我觉得安心又快乐
好像将要黑暗的这一天
是一枚饱满的果实
落进了我的粮仓

大日子

《猎鹿人》中，
把星期一称作"大日子"。
因为，星期一不属于神，
属于人。

十二双眼睛

在十二双眼睛里
有一样多的神
盐一样平均

在十二双眼睛里
神是苏醒
苏醒是风暴

在十二双眼睛里
神是尺度
尺度是燃烧

在十二双眼睛里
神个是别的
神是同在

在十二双眼睛里

神不是十二种模样
神是最新的模样

在十二双眼睛里
神照亮了人的卑微
人因卑微而可敬

在十二双眼睛里
人拉低了神，让神变得普通又单纯
神因普通单纯而可亲

在十二双眼睛里
神泄露了重大的秘密
眼睛，是人神最易于相遇的地方

在十二双眼睛里
神走向人，人走向神
人和神互为兄弟
在十二双眼睛里
有一样多的神
盐一样平均

让风写诗

我有让风写诗的习惯
办法是
把空白的本子打开，放在风里
几天后，取回本子
把本子上的诗
抄下来

启示

可听可不听的话。
声音很小的话。
耳朵半聋时才听懂的话。

台风记

1

关于一次台风的预报
比台风早了四五天
世界陷入过头的谨慎

如同词汇消失
无数饶舌者的语言炼金术
被迫陷入停顿

2

台风果然来了
看起来，有一个大神
要把自己先前馈赠的东西
悉数拿走，掘地三尺，一样不剩
房屋、森林、节日、鸟鸣

另一种可能是
霹雳手段的后面
总是菩萨心肠

3

葡萄为什么是圆的?
石头为什么淹不死?
鸟为什么会飞?
人为什么会恐惧?
延续二十四小时的十六级台风
让我想了很多
没用的问题

4

台风过去了
种种迹象表明
神也受伤了
没能力飞回天上的住所
目前正混迹于
某家医院
占据了一张

人的床位

5

现在，所有的树
都面朝台风逝去的方向
不敢直起身子

它们的头顶，太阳
像躲在懦弱儿子身后的母亲
因为过多的怜悯
而面容苍白

6

一场十六级大风走了
倒掉的树
碎掉的瓦
不知去向的屋顶
破烂的海岸线
都证明了
尘世还算牢固
星期一消失

次日仍旧是星期二

邻居家的病人

咳嗽声不再凶猛

那个习惯在深夜遛狗的微胖的少妇

依旧用五只漂亮的小狗

书写着自己

昂贵的孤独

7

这场台风

至少证明了渺小是必要的

芸芸众生

正是用为数众多的渺小

分解了灾难

并且无意于深刻领会

灾难的意义

尘埃颂

1

没人在家的日子
家里至少发生过一件事情
尘埃蒙住了一切

哪怕是吊灯
那像柳絮一样轻摇着的
便是尘埃
哪怕是反扣着的碗里
碗的内沿，像皮肤一样细腻的
也是尘埃

针扎里
也有尘埃

看来，任何闲置的东西

都将染上尘埃
界限是不存在的
尘埃无孔不入

2

可以想象
当门被关上的一瞬
尘埃，开始在每一秒里
无比悠扬地落下来

可以想象
被喊叫过的名字，半颗烟蒂
洞箫的独诉，一枚硬币
做过何等的抗拒

可以想象
没有尖刀，不闻咒语
而颠仆，发生在每一秒里
又在每一秒里被消弭

3

现在，满眼尘埃
细细的厚厚的宽宽的尘埃
令我感激不尽

我走后，半年中的每一秒
是它们，养育了
这里的空气和寂寥
现在，空气是肥腴的
寂寥是肥腴的

我禁不住心生羡慕
想象自己深埋于尘埃下
被静静养育的样子

4

细细的尘埃里
有蚂蚁行走过的痕迹
我从中看到了
狂乱、喜悦和忧伤

这让我十分羞愧
我原以为，只有人，像我这般
才会狂乱、喜悦和忧伤

我找到了一粒干蚂蚁
一粒小小的黑
我看到那静止的干干的黑里
也有小小的荣耀

5

这白色的墓园
处处写满辜负

今天对昨天的
自由对禁止的
回答对呼唤的
语言对默示的

6

清扫是容易的
但是，留下大多数的尘埃

侧卧其中
向它们谢罪

无论如何，离家半年
是一个罪过

接受四面八方的声讨吧
谁说家里仅有两三人
那些桌桌椅椅瓶瓶罐罐
甚至那些未来得及丢弃的纸屑
难道不是家庭成员?

这细密的声讨
这沉静的指责
让我心服口服
如此驯良

那么，成为一只瓶子
或一粒尘埃吧
以便体会和它们一致的
静默
与持久

7

驯服于尘埃
驯服于瓶瓶罐罐桌桌椅椅
收起作为人的傲慢
哪怕是最低最低的傲慢

这时有光泽来自低处
不是阳光的，更不是雪花的
而是尘埃，尘埃的光泽
以及不发光的遭遗弃的
陈旧的淡忘的变质的
所有那些俗物们的光泽

实在令人羞愧啊
这瞬间的照耀
使所有挥别，所有离弃，所有遗忘
成为不义

8

与青草的气味不同
尘埃的味道不含水分

与阳光的味道大同
尘埃的味道无关甘甜

但是，那似乎是沙漠的味道
是无尽苍山的味道
是枯枝上寒雀啾啾而鸣的味道
是北方苦焦天气的味道

离开后的半年
我逐水草而居

9

盯着尘埃
我突然想起一个词：
尘世

关于这个世界的描述
难道真的只需要
一个词吗？

尘世
如此准确

如此矫情

有多少词语里
含着作为人的矫情？

10

那么，今天
我该清理整个房间
扫净每一个角落

没有人误入歧途——海边拾零

1

你听，涛声
追赶着自己的传说
呼啸而至

2

一只黑色大鸟
在云层下静静滑翔
像上苍抛下的最后一件礼物
无人认领

3

某处在滴水
两滴水之间

有过长的停顿
像一个神和另一个神之间的
不情愿的耳语

4

海岸线
多是尖锐的岩石
一层一层
与柔软的海浪对峙

多么像一个
好手艺人留下的痕迹
寓精密
于褴褛

5

海岸线千窟万窍
有伟岸而任性的母性

我看见，所有的星星
白天就栖息在那里

6

几只小狗
冲着潮汐吠叫了一个小时
直到风平浪静

7

女人戴着遮阳帽
男人用手护住眼睛
阳光里有种特性
接受时
似乎必须含上
一丝羞涩

8

马的尸体
被海水泡得很大
如一片流浪中的草原

9

海边的堆积物里
常有鞋子
总是单只的鞋子

10

有一种鱼
如水中蝴蝶
并拢双翼
我隐约看见
它薄薄的身体里
藏着一扇门
钻进去，再出来
会变成一个
单纯的人

11

生锈的天空
被巨浪擦亮

12

我追赶我的魔鬼
到了大地尽头
他跳海了
我转过身，张开双臂
去迎接我的天使
可是，此时
他也不知去向

13

海啸过后
海面干净极了
漂浮物
堆积在长长的岸边
令人相信
海啸，不过是一次
小小的愤怒
只是，我们的惊慌
有些过度

14

补网的夫妻
极其安静
旁边玩耍的孩子
同样安静
他们的安静
源于对安静本身的
习以为常

15

凯鲁亚克说：
在路上
永远年轻
永远热泪盈眶

我竭尽全力
加以否认

16

在海边我常常想起

自己从小就有的那些恶习，比如

懒惰、不思进取、心志涣散

逃避一切有难度的东西

比如写作文、做数学题、照看孩子

还有等马尾巴长长

甚至包括爱情

需要耐心等候的爱情

17

很大的渔网

忽然收起

忽然沉下

每一网都有收获

大鱼小鱼，密密麻麻

大鱼被捞起

小鱼被奉还

每一网

都是如此

此情此景

勾起我一桩心事

一瞬之后

又断然不明白

两者之间
有任何相似之处
只有忧伤
波浪一样
盲目而真实

18

曾经遇到一个尼姑
背着行李
看着海
我跑过去
再跑回来时
听见了她的自言自语：
海景这么好，
怎么办呢!

19

海上正在建桥
使用的砂子
是远道而来的河砂
原因是海砂有极强的腐蚀性

迟早会吃掉钢筋

和水泥

20

大海

上帝的田野

什么都不生长

只生长

一句咒语

我猜想

这咒语制止的纷乱

远多于

实际发生的

21

总有人面向大海

打长长的长长的电话

声调柔软

饱含耐心

让我的沉默

也变得
风月无边

22

把自由和梦想
筑成一间面海的屋子
然后深居简出
是否可行

23

眺望海面
让眼神
接受哺育

24

来到海边
我突然万分庆幸
自己如此渺小
而且软弱

25

族谱，家书
婚约，雕塑
丝绸之路
此刻
我有理由赞美一切伟大的东西
但是，我不
我更想赞美破碎
还有遗忘

26

岸边的自行车上
斜插着一杆老式的秤

秤砣漆黑
秤星闪烁

附近的小船上，撒网的
是一对老年夫妻
寂寞的神情里
略含清高

像他们的秤
无意于开花结果

27

一个渔民
他妻子有蜂蜜色的皮肤
他本人是深棕色

他们居住在一间
镶嵌着白瓷砖的房子里

这三种颜色里
藏着不难看破的秘密

28

回望大陆
想到了投湖自尽的屈原
还有我本人
上初一或初二那一年
差点跳了河

万幸，那之后

几十年了

我再也没有滥用过

自己的自由

29

海说：有人为了做神，忘了做人

我问：做人更难一些吗？

海说：有时候，魔鬼是天使扮演的

我问：人们更在乎魔鬼？

海说：没有什么是名副其实的

我问：包括欺骗和背叛？

海说：更多的人应该羞愧而死

我问：除了我还有谁？

30

夜幕降临

大海，你这黑暗的女儿

用闪电表白

用怒涛发誓

31

原来
菩萨的话
那些精美的废话
全是对大海的，对海浪的
绝妙抄袭

然后
命名为金刚

我仍有所悟
那些所有被记得的名字
都是轻浮的

32

没有人
误入歧途

荒原（一）

此地适合谈论永恒
但我们不约而同谈起了恐惧
并迅速离开

有人提醒我们
这块荒原很安全，不用担心
有大兵把守

荒原（二）

看荒原里的日出
如同看自己的出生

忧伤

艳遇般的
忧伤

激情

我以最大的激情
沉默

惊吓

醉酒后，他看见自己有两条长腿
像两根废弃的铁轨，竖起来

关于诗

诗，不在左，不在右，
也不在左和右的反面。

关于短篇小说之一

一种在绝望的时候
四望皆空的时候
仍然愿意动笔的文体

关于短篇小说之二

短篇小说
表面上在写那个怀孕的女人
但意在胎儿

关于现代感

现代感
来自内容的紧迫性
溢为形式

风格

再三地攀登后
滑下来的位置

勇气

我有甘居人后
和默然前行的勇气

梦中偶得

花眠花不眠
人老人未老

距离

我距离圣人有多远
距离坏人就有多远

性质

有些性质不在自身
在自身燃烧时

寂静

寂静里
居住着全部激情

翅膀

石头
丰富了翅膀的模样

梦幻泡影

梦幻泡影
亦应看作实